KB037530

사미르, 낯선 서울을 그리다

프랑스 만화가 사미르가 그린 서울의 일상

사미르, 낯선 서울을 그리다

글·그림 **사미르 다마니**
옮긴이 **윤보경**

서랍의날씨

억압된 기억들은 우리의 내면에 감추어져 있다.

기억들은 잠든 것처럼 보이지만,

경험을 양분으로 하여 점차 자라나면서
표면으로 드러날 어떤 계기를 기다린다.

만약 기점을 만들어 낼 요소가
적절한 순간에 개입하지 못한다면

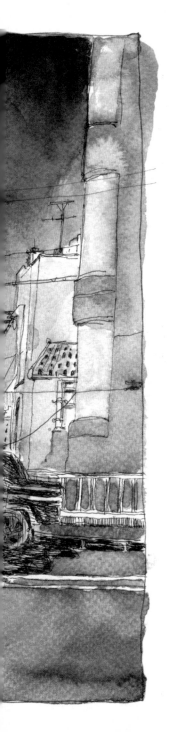

잠재된 기억들은 영원히 드러나지 않을 수도 있다.

만약 기억들이 의식 속에 등장하면

미처 짐작하지 못했던 무언가를 밝혀 주기도 한다.

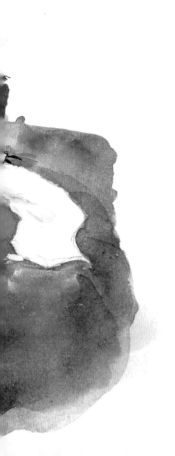

나의 경우 계기는 향기로부터 시작되었다.

남부의 작은 도시 앙굴렘에 도착하기까지 700킬로미터라는 긴 거리를 기차로 움직였다. 프랑스 국경과 맞닿아 있는 나라의 도시에는 가본 경험이 있지만, 그 이상으로 먼 곳을 가본 적은 없었다. 결국 유럽을 떠난 적이 없었다. 어릴 때 흔히 봤던 일본 애니메이션의 배경 이미지를 통해 지구 반대편을 상상했던 것이 가장 멀리 떠난 여행인지도 모르겠다.

앙굴렘으로 가기 전에 나는 프랑스 중남부의 대도시 리옹에 있는 대학교에서 고고학을 공부하고 있었다. 고고학자들이 섬세하게 붓을 놀리며 무언가를 열심히 발굴해 내는 과정을 배우고 싶었다. 얼마 동안은 전형적인 유물 발굴 과정을 상상하며 고고학에 푹 빠져 있었다.

모두 고고학을 잘 포장하여 보여 줬던 당시의 할리우드 영화 때문이었다. 오랜 시간 땅속에 묻혀 있었던 해골들, 중세 시대의 무기, 아름다운 건축물들의 흔적들을 발굴하기를 바랐다. 상상과는 다르게 고고학을 공부하면서 주로 접한 과정은 '흙에 묻힌 밥그릇, 깨진 접시나 벽돌 찾기'에 가까웠다. 큰 실망을 뒤로하고 고고학에 대한 애정이나 미련을 땅에 묻었다.

앙굴렘 유럽고등이미지학교(École européenne supérieure de l'image d'Angoulême)에서 공부하던 4년 동안 나는 한국 유학생들과 어울리게 되었고, 그들은 자신들 나라의 음식을 계속 맛보게 했다. 그들의 나라에 대해 이야기했고, 그들의 도시와 조밀하게 구성된 길, 그곳에 사는 사람들, 프랑스와의 차이점 등도 묘사해 주었다. 한국 음식을 맛보았던 경험은 비물질적인 풍요로움으로 향하는 길을 보여 줬다. 그것은 한국 문화의 발견이었다. 한국 음식의 향기는 마치 유령처럼 나를 새로운 문화를 배우는 망명자가 되도록 꾸준히 이끌었다. 한국의 향기를 삼킬 때마다 잠재된 무의식은 그 향기를 소중하게 모아 나갔다.

사실 당시 나의 관심은 좀 더 서쪽을 향해 있었다. 내가 그린 그림 속 인물들은 미국 흑백 영화에서 영감을 받은 가공된 뉴욕에서 살아 움직였다. 그러는 동안 한국 음식의 향기로 존재를 감지했던 유령은 등 뒤에서

어깨 너머로 내가 뉴욕을 그리는 과정을 바라보고 있었다. 그는 종종 귓가에 무언가 속삭였는데, 말을 건넬 때마다 그림은 점점 변했다.

뉴욕의 노란색 택시는 자동차 문짝에 호랑이가 그려진 주황색의 서울 택시가 되었고, 자유의 여신상은 강철과 유리로 만들어진 종로 타워로 탈바꿈했다. 두꺼운 녹음이 덮인 산들이 등장하여 내가 그리는 마을이나 도시를 휘감았다.

어느새 나는 서울에 있었다. 뉴욕의 이미지로부터 시작된 서울은 아직 한 번도 가보지 않았어도 향기의 유령이 내게 주었던 속삭임을 더듬어 떠올려 가며 그려 낸 곳이었다. 주변의 지인들은 그렇게 그려진 그림들을 보면서 이미 내가 여러 차례 한국에 가보았다고 여겼다. 지인들은 한국에 대한 그림과 글이 실제 경험에서 나온 것이 아니라, 곁을 항상 따라다녔던 향기의 유령이 속삭인 것을 그렸을 뿐이라는 사실을 미처 알아채지 못했다.

내가 이야기하고 그린 것들이 보다 실제로 느껴지고 더욱 풍요롭도록 나는 한국으로 떠나고자 했다. 한국에 대해 풀어낸 부분을 단지 우연으로 남기고 싶지 않았다. 직접 눈으로 본 것을 나만의 방식대로 소화하고 싶었다. 먼 곳으로의 여행을 꿈꾸던 나는 우연히 한국의 한 기관이 주최하는 해외 작가 레지던시 공모를 보았다. 한국으로의 여행이 단순한 꿈에서 현실로 바뀔 행운의 기회였다.

당시 앙굴렘에서 석사 과정을 끝내고 새로운 프로젝트에 힘을 쏟고 있었다. 러시아 작가인 니콜라이 고골(Nikolai Gogol)의 소설 〈코〉를 새로운 방식으로 재해석한 것이었다. 〈코〉는 19세기 말의 상트페테르부르크를 무대로 한다.

주인공은 잃어버린 코를 찾아 헤매는데, 코는 그의 남성적 정체성을 상징적으로 드러내고 있다. '잃어버린 코 때문에 난감한 주인공'이라는 매력적인 모티브를 소설로부터 빌렸고, 이야기가 펼쳐지는 무대를 한국으로 하여 전개해 나가고자 했다.

프로젝트를 위해 구체적인 자료 조사를 벌이던 나는 한국을 향한 애정에서 비롯된 우연적 선택(이야기의 배경을 한국으로 정한 것)이 효과적이었음을 알게 되었다. 새로운 시각적 요소들과 무대 장치들이 이야기에 덧붙여졌고, '코'와 '한국'에 관해 조사했던 사항들은 자체만으로도 흥미로웠다.

'외부인이 서울로 오면 눈 깜짝할 새에 코를 베어 간다'는 속담이나, 동양인들의 '높은 코를 향한 갈망'이 엿보이는 성형 수술에 얽힌 현실적 담화도 흥미로운 소재였다. 서양인에게 '코쟁이'라는 놀림조의 별명을 붙이기도 한다는 사실도 알게 되었다. 주인공이 코가 사라진 얼굴을 효과적으로 숨기기 위해 한국의 전통 탈, 그 중에서도 '말뚝이'를 쓰고 다닌다는 설정도 한국의 문화와 전통을 공부하면서 추가된 요소다.

'코'가 입고 다니는 한복의 붉은 도포와 그를 찾으려 쫓아다니는 주인공이 쓰는 '말뚝이' 탈의 붉은색은 연결 고리를 시각적으로 보여 줄 수 있었다. 흑백으로 전개되는 이야기에 덧붙여진 붉은색의 흔적들은 시각적 가능성을 넓게 상상하게 되리라 생각했다. 시각적 풍요와 다양한 의미를 프로젝트에 녹여 내기 위해 무대가 되는 한국에 직접 가보기로 마음먹었다.

두 달 후 나는 샤를 드골 공항에서 인천 공항으로 향하는 비행기를 기다리고 있었다. 다행히 해외 작가 레지던스 프로그램을 통해 한국으로 초대받았다. 뉴욕에 홀려 뉴요커의 삶을 꿈꿨던 몇 년 전의 나는 완전히 뒤바뀌어 있었다. 처음 방향과는 완전히 반대쪽인 대륙의 끝으로 발길을 돌려 2008년 이전에는 알지도 못했던 한국의 수도로 떠났다.

나는 한국으로 떠났지만 늘 따라다녔던 향기의 유령은 앙굴렘에 남았다. 그가 처음부터 있었던 곳은 그곳이었으니까. 아마 누구에게도 영향을 받지 않고 나 스스로 그의 고국을 발견하기를 원하지 않았을까.

10시간 50분 동안의 비행을 마치고 비행기가 하강하기 시작했다. 두껍고 하얀 구름이 땅을 가리고 있었다.

500킬로미터 이상의 속도로 그곳을 가로질렀고, 마침내 계속 그려 왔던 세계를 직접 만나면서 전율을 느꼈다. 비행기 창문 너머로 몇몇 섬들이 보였다. 섬에서 살아가는 사람들이 혹시 작은 점으로라도 보일까 싶어 창가에 더욱 바싹 몸을 기대었다.

입국 창구까지 여행자들을 이끌어 주는 회색빛 카펫이 복도에 길게 깔려 있었다. 새로운 문화 속으로 나를 뻗어 낼 관문이었다. 비행기에서 내려 대부분의 한국 사람들이 향하는 방향을 따라 걸었다. 도착하자마자 미아가 되고 싶지 않았다. 낯선 곳이라 안내 표지판이 눈에 잘 들어오지 않았다. 벽에는 한국의 전통 복장을 입은 무용수들이 가야 할 방향을 손으로 가리키는 듯한 사진이 있었지만 길을 찾기에는 충분하지 않았다.

서울에 이르는 공항의 자동문이 열림과 동시에 괴물의 습격으로 금세 녹초가 되었다. 난생 처음 접하는 '장마'라고 하는 괴물 같은 존재였다. 장마는 무척이나 무겁고 습한 특성의 기후로, 유럽에서는 좀처럼 맞닥뜨릴 수 없는 날씨였다. 하룻밤 사이에 나는 서울의 낯선 이방인 사미르가 되었다.

사미르,

낯선 서울을 그리다

나는 자줏빛 버스를 탔다. 운전석 바로 뒷좌석 창가에 앉았다. 새로운 문화와의 첫 접촉은 삐걱거리는 운전기사 좌석의 소음과 버스를 가득 채운 노래였다. 나는 반쯤 잠든 채 자줏빛의 얼룩 하나가 주변을 둘러싸고 있는 물가 한가운데를 가로지르는 모습을 꿈꿨다.

부산스러운 운전기사의 거친 손놀림과 버스 내부에서도 생생히 느껴지는 도로 위의 균열 때문에 꿈이 좀처럼 지속되지 못하고 중간중간 깨야 했다.

거리에 있는 수많은 간판들이 눈에 들어왔다. 한국에 오기 전부터 한글 읽는 법을 배워서
글자를 읽을 수는 있었지만, 발음된 글자가 무엇을 뜻하는지는 알지 못했다.

시선은 버스 창밖으로 스쳐 지나가는 것들을 쫓느라 바빴고,
도착 첫날의 순간은 아주 이국적인 즐거움이 가득 녹아져 있었다.

의식을 차리자 버스는 어느새 그 거대한 비질서의 속으로 들어와 있었다. 아무런 빈 공간도 없이
촘촘히 붙어 포개진 집들 사이로 거대한 건물들이 자신들의 존재를 외치듯 사람들을 옆으로 밀
어내고 무성하게 자라 있었다.

한몸이 돼 버린 나의 수첩과 연필들은 이곳에서의 소중한 순간들을 담기 위해 기다리고 있다.
그것은 나의 내면 속에 숨겨져 있던 기억들을 한 꺼풀씩 끄집어내는 작업이다.

땅에 묻혀 있던 다른 기억들이 어떤 '향기'에 의해 파헤쳐지기 시작했다.
그 향기는 발굴을 위해 사용되는 붓과 같이 나를 '무의식의 고고학자'가 되도록 부추겼다.

어떤 음식 냄새였는데, 음식 이름은 내 귀에 무척이나
이국적인 음절이었던 '떡볶이'로 불렸다.

떡볶이의 향기는 일종의 유령과 같아서
나는 보이지도 않는 존재를
후각을 통해서만 정확히 인지할 수 있었다.

조금씩 아주 조금씩 내가 느끼고 있는 지구 반대편의 모든 것들이 친숙하게 다가오기 시작했다.

그것은 한국 문화와의 랑데부였다.

석양을 드리운 동양의 도시가 점차 어둠 속으로 잠기면서
규칙적인 간격을 가진 건물들의 스카이라인의 선이 아름답게 드러났다.

떡볶이의 향기가 나를 서울로 이끌고 난 이후 종종 마주했던 황혼 풍경들과 선의 유혹들은
머릿속 깊은 곳에 자리한 이미지들을 수면 위로 떠오르게 했다.

나는 주제를 더욱 구체적으로 발전시키기 위해
인터뷰를 진행하거나 거리의 행인들을 스케치하기도 했다.

남자들, 여자들, 젊은이들, 청소년들, 앉아 있는 사람들, 서 있는 사람들,

잠든 사람들, 핸드폰을 만지작대는 사람들, 운전하는 사람들······.

나는 한국인들에 관해 글을 쓰기 위해, 삶의 방식을 이해하기 위해,

한국의 일상과 전통을 알기 위해 이곳에 왔다.

그들의 존재 방법, 그들의 행동, 그들의 습관을 통해…….

이론이나 지식으로 알게 된 것은 비교적 쉽게 잊어버리지만,
직접 체험한 경험들은 아주 깊이 새겨져
오랫동안 남는다는 사실은 참으로 감탄할 만하다.

그들의 도시와 조밀하게 구성된 길.

그곳에 사는 사람들.

사당
금 쟁
오 에도
)때 운 계단이용↥
서울역

한국 사람들에게는 너무나 평범하겠지만 내게는 무척 중요하게 다가왔다.
프랑스에서 내게는 무척이나 일상적이며 가볍고 지루한 어떤 부분을 두고
외국인 친구들이 놀라움을 표현하는 경우와 같다.

특히 〈코〉 프로젝트는 나로 하여금
보다 발전된 관점을 요구했다.

덕분에 한국을 향한 나의 시선은 단순한 관광객과 같지 않았다.

Portes des toilettes!

나의 첫 번째 즐거움은 거리를 걷는

사람들의 태도와 행동을 관찰하며 스케치하는 것이었다.

거리를 걸어가는 행인들과 그 구역 전체는
어떠한 움직임 속에 모두 함께 숨 쉬고 있었다.

마치 그곳을 그리며 사용했던 나의 '선'처럼
모두 함께 꿈틀거리며 울리고 있었다.
많은 행인들이 종이 위에서 그들의 자리를 찾았고,
내가 관찰한 세계 속에서 북적거리며 움직였다.

사람들의 행렬이 흐르고, 시간도 흐른다.

나는 서울이라는 도시에서
'살아 있는 도시'라는 거대한 주제에 대한
흥미와 열정을 찾을 수 있었다.

고즈넉한 산길을 오르기도 하고

이국적인 무언가에 이끌려 상상을 펴기도 했다

때론 모든 것이 낯설게 보이는 여행자의 시선에 매몰되기도 했다.

그럼에도 내가 기록하는 양상들은 어느 곳에서나 볼 수 있는
그저 보편적인 부분이기도 하다. 그렇게 하나씩 익숙해지기 시작했다.

혼자서 끝을 알지도 못하는 골목길을 걷고 또 걸었다.

강을 가로지르는 전철의 창문에서 새어 나오는 불빛들,
그리고 이 모든 광경들에 비가 더해진 모습까지도 일상이 되려 한다.

길 양쪽으로 즐비하게 늘어선 집들도

외딴 골목길에서 만난
나무와 전봇대 풍경들도

비 오는 산길에서 마주한 풍경도.

한국으로 오기 몇 달 전에 서울을 무대로 하는 짧은 만화 〈거주자(L'habitant)〉를 그렸다. 프랑스의 카스테르만 출판사가 운영하는 웹 만화 사이트에 게재되었던 작업이다. 비가 많이 내리는 장마철을 배경으로 전개되는 이야기에서 나는 무겁고 축축한 기후를 표현해야 한다는 사실을 몰랐다.

단 한 번도 장마철을 경험해 본 적 없이
머릿속으로만 상상했던 이미지에서는 괴물 같은 습도는 존재하지 않았다.

프랑스에서 아주 가끔 보는 강한 소나기가 장장 몇 시간 동안이나 도시를 덮쳤다.
거리는 홍수처럼 온통 물바다가 되어 교통이 마비되기도 했다.

눅눅한 습도와 대량의 비가 여름철 불쾌함을 유발하는 요인이라는 점을 떠나서
내게는 좋은 정보의 습득이었고 깊은 체험으로 다가왔다.

잘 알지 못하는 곳을 무대로 인물을 등장시킬 때에는

전혀 생각지도 못한 부분이나 가치를 둬야 할 점을 새롭게 발견할 경험이 요구된다.

너무 더운 날씨와 무거운 습도에서는 쉽게 지칠 수밖에 없다는 점이
나, 무더운 날씨를 잠시나마 피하기 위해 에어컨이 가동되는 장소를
찾아 한숨 돌렸던 일들은 말로 설명해서 이해할 부분이 아니었다. 아
직 내게 이 낯선 날씨는 일상이 되지 않았다.

늦봄, 여름, 초가을이라는 긴 기간에 걸쳐 한국인에게 가장 좋은 친구는 우산이다. 프랑스 사람들과 비교하면 그들은 한 줌의 태양 광선도, 한 방울의 빗방울도 맞지 않으려 애쓴다.

첫 빗방울이 땅에 떨어지면 한국에서는 바로
'플라스틱으로 만들어진 꽃'들이 아주 빠르고 화려하게 피어난다.

비는 시각적 풍요를 현실에서만 보여 주는 것이 아니다.

예술가의 종이 위에서도 새로운 세계를
이끌어 내는 효과를 불러온다.

이미지에 부가적인 층을
여러 겹 만들어 깊이감을 준다.

마찬가지로 선의 처리에도 다양성을 부여한다.

원래의 선을 보완하여 활력 있고
과감한 선과 가볍고
공상적인 선의 공존을 가능하게 한다.

비의 등장은 도시 경치의 다양함을 가져온다.
우리의 발아래에 여러 형상을 그려 내고 그림자와 빛을 반사시킨다.

바닥이 차츰 젖어 감에 따라
또 하나의 세계가 점진적으로 만들어진다.

2013년 9월의 어느 늦은 오후,

한강 변을 산책하는 동안 전철이 다리 위를 가로질러 갔다.

순간 그전까지 무의식 속에 있어 인지되지 못했던
장면들과 이미지들이 갑작스레 떠올랐다.

그와 함께 설명하기 어려운 이상한 감정,
일종의 데자뷔가 일어났다.

평소 묻어 두었던 기억과 이미지를

낯선 곳에서
찾아내는 경우처럼

여행은 미처 기대하지 못한 다양한 발견을 가져다준다.

묻었던 기억을 파내기 위해 만 킬로미터가 넘는 여정을 주파해야 했나 보다.

분위기나 조명, 구도 등을 이유로
나를 사로잡을

'어떤 장면들'을 찾아 떠나고 싶은
의지가 생겨났다.

그 시작은 〈코〉 프로젝트에서 설정한
한국의 전통 탈이었다.

그중에서도 '말뚝이'는
한국의 문화와 전통을 공부하면서 추가되었다.

'코'가 입고 다니는 붉은 도포,
그를 쫓는 주인공이 쓰는 '말뚝이' 탈의 붉은색은
작품과의 연결 고리를 시각적으로 보여 줄 수 있었다.

나는 또 다른 '장면'들을 찾아
한국 속으로 파고들어 갔다.

사람들의 태도에 직접적으로 영향을 미치는

독특한 사회 분위기에는 모든 일상적인 풍요로움이 엉켜 있다.

사람들의 표정이나 표현 방식도
위치하는 장소에 따라 계속 변한다.

모든 것이 낯설게 보이는 여행자의 시선으로는
한국인들의 표정이나 행동이 차가워 보이기까지 했다.

어쩌면 이런 그들의 표정은
그저 겉으로 드러나는 일부분에 지나지 않을지도 모른다.

대부분의 모든 가치를 속에 품고 있는 한국인을
겉으로 보이는 일면만을 가지고 판단하기는 어려울지도 모른다.

어쩌면 이런 그들의 표정은 그저
겉으로 드러나는 일부분에 지나지 않을 것이다.

첫눈에는 경계심도 강하고
차갑게 보이는 사람들이지만

한번 웃어 보이고 나면
수줍음과 인정이 많은 사람들이다.

가끔씩은 너무 참견하는 게 아닐까 걱정될 정도로
친절을 후하게 베풀어 주는 사람들이었다.

대부분 믿어지지 않을 정도로 강한 온정과 인간애,
유대감을 차갑게 보이는 표정 아래 숨기고 있다.

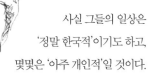

사실 그들의 일상은
'정말 한국적'이기도 하고
몇몇은 '아주 개인적'일 것이다.

그들의 일상에 엉큼하게 숨어 있지만

아무도 눈치채지 못하는

자연스런 행동 변화를 새삼 다시 생각해 보기도 했다.

한국에서는 오후 6시 즈음 저녁이 시작된다.

저녁이 시작되면 사람들은 집으로
귀가하거나 음식점으로 발걸음을 옮긴다.

한 시간 후 사람들은
다시 거리로 몰려나온다.

투피스를 입은 여직원, 양복을 입은 회사원, 교복을 입은 학생 등은
아직 귀가하지 못하고 후반부 일을 하기 위해 발걸음을 서두른다.

그와 상반되게 편안한 운동복 차림인 사람들은 집에서의 여유 있는 식사를 마치고
부른 배를 꺼트릴 요량으로 산책이나 걷기 운동을 하러 거리로 나온다.

서울의 밤은 내게 앙굴렘에 비해 더욱 깊고 어둡게 다가왔다.

수많은 플라스틱 간판과 광고로 가려진 건물 정면의 외벽은 밤이 시작되면서 더 이상 보이지 않는다. 대신 네온사인, 발광하는 간판, 빛으로 읽히는 글자에 자기 자리를 모조리 내준다. 건축물들은 모두 글자나 광고로 만들어진 듯하다.

이제부터 밤은 보이는 동시에 읽히게 되었다.

모든 요소들은 한데 어우러져 실재의 '만화'가 되었다.

어둠 속에 가려진 건물 외벽 위로 고정되어 떠 있는 텍스트들은
시각적 즐거움이나 길가의 삶과 결합되고 나아가 거대한 컷으로 보였다.

나는 아스팔트 위에 전개되는 다양한 요소들과 건물 외벽의 높은 곳에 쓰인
메시지 사이에 상호작용이 존재한다는 사실에 설득당했다.

나는 서울 사람들의 일상을 낱낱이 스케치하기로 했다.

책 읽는 사람, 묵묵히 음식만 먹는 사람, 음악을 듣는 사람,

카페에서 무료함을 달래는 사람,

버스에서 서서 가는 사람,

미용실에서 머리를 하며 게임을 즐기는 사람……

여느 평범한 한국인처럼

만원 지하철의 승객들 사이에 끼어도 보고

줄을 서서 버스를 기다려 차례대로 버스에 오르기도 하고, 아주 재빨리 오른쪽
왼쪽 번갈아 눈길을 주면서 빈 좌석을 찾아내고 미소 짓기도 했다. 대부분의
사람들은 서로의 시선을 최대한 외면하고, 창밖의 풍경은 그저 흘러간다.

들썩대는 서울과 흥분을 가라앉힌 서울, 텅텅 비어 버리는 추석 연휴의 서울 등 다양한 얼굴을 가진
서울에서 직접 생활을 체험하며 막연히 알았던 부분에 대한 구체적인 경험을 축적해 갔다.

9·3·21

5227

나의 여행과 생각을 통해 독자들이 그들의 일상을 재인식할 수 있길 바란다.

일상은 주변 사람들을
다시 생각하게 만들기도 할 것이다.

다른 눈을 가진 사람들에게는 풍요로움과 새로움,
이국적인 가치가 가득하리라.

익숙함을 이유로 본인은

가치를 쉽게 발견하지 못한다.

우리의 눈은 너무나 빨리 환경에 적응하고,

여느 평범함으로 가치를 깊게 덮어 버린다.

매혹적이었던 환경은 아주 쉽게 일상적인 관습의 배경이 된다.

우리는 모든 보물을 잊고 지내는 것에 반해

여행자와 망명자는 '일상이라는
껍데기 속에 감춰져 있는 것'의
아름다움과 가치를 일깨워 준다.

그렇게 서울은 이방인에게 영혼을 가진 도시가 된다.

서울은 살아 있고, 자신을 표현하며,
일상의 삶 위에 녹아 있다

사미르, 낯선 서울을 그리다

초판 1쇄 인쇄 2014년 10월 17일
초판 1쇄 발행 2014년 10월 24일

글·그림 사미르 다마니
옮긴이 윤보경

펴낸이 박세현
펴낸곳 서랍의날씨

기획위원 김근·이영주
편집 김종훈·이선희
디자인 강진영
영업 전창열

주소 (우)121-250 서울시 마포구 성산동 275-60번지 교홍빌딩 305호
전화 070-8821-4312 | **팩스** 02-6008-4318
이메일 fandombooks@naver.com
블로그 http://blog.naver.com/fandombooks

등록번호 제25100-2010-154호

ISBN 978-89-94792-96-5 03860

서랍의날씨는 팬덤북스의 인문·문학 브랜드입니다.
후원 서울특별시 서울문화재단